Nota para los padres y encargados:

Los libros de *Read-it! Readers* son para niños que se inician en el maravilloso camino de la lectura. Estos hermosos libros fomentan la adquisición de destrezas de lectura y el amor a los libros.

 El NIVEL MORADO presenta temas y objetos básicos con palabras de alta frecuencia y patrones de lenguaje sencillos.

 El NIVEL ROJO presenta temas conocidos con palabras comunes y oraciones de patrones repetitivos.

 El NIVEL AZUL presenta nuevas ideas con un vocabulario más amplio y una estructura gramatical más variada.

 El NIVEL AMARILLO presenta ideas más elevadas, un vocabulario extenso y una amplia variedad en la estructura de las oraciones.

 El NIVEL VERDE presenta ideas más complejas, un vocabulario más variado y estructuras del lenguaje más extensas.

 El NIVEL ANARANJADO presenta una amplia de ideas y conceptos con vocabulario más elevado y estructuras gramaticales complejas.

Al leerle un libro a su pequeño, hágalo con calma y pause a menudo para hablar acerca de las ilustraciones. Pídale que pase las páginas y que señale los dibujos y las palabras conocidas. No olvide volverle a leer los cuentos o las partes de los cuentos que más le gusten.

No hay una forma correcta o incorrecta de compartir un libro con los niños. Saque el tiempo para leer con su niña o niño y transmítale así el legado de la lectura.

Adria F. Klein, Ph.D.
Profesora emérita, California State University
San Bernardino, California

Editor: Patricia Stockland
Page Production: Amy Bailey Muehlenhardt/JoAnne Nelson/Tracy Davies
Art Director: Keith Griffin
Managing Editor: Catherine Neitge
The illustrations in this book were created digitally.
Translation and page production: Spanish Educational Publishing, Ltd.
Spanish project management: Jennifer Gillis/Haw River Editorial

Picture Window Books
5115 Excelsior Boulevard
Suite 232
Minneapolis, MN 55416
877-845-8392
www.picturewindowbooks.com

Printed in the United States of America.

Library of Congress Cataloging-in-Publication Data
Blair, Eric.
[Johnny Appleseed. Spanish]
Johnny Appleseed / por Eric Blair ; ilustrado por Amy Bailey Muehlenhardt;
traducción, Sol Robledo.
p. cm. — (Read-it! readers)
Summary: Relates episodes from the life of Johnny Appleseed, a peaceful man who
roamed the West for fifty years planting and tending to the trees that bore his favorite
fruit, the apple.
ISBN 1-4048-1655-0 (hard cover)
1. Appleseed, Johnny, 1774-1845—Juvenile literature. 2. Apple growers—United
States—Biography—Juvenile literature. 3. Frontier and pioneer life—Middle West—
Juvenile literature. I. Muehlenhardt, Amy Bailey, 1974- II. Robledo, Sol.
III. Title. IV. Series.

SB63.C46B5918 2006
634.11'092—dc22   2005023784

Johnny Appleseed

por Eric Blair
ilustrado por Amy Bailey Muehlenhardt
Traducción: Sol Robledo

Con agradecimientos especiales a nuestras asesoras:

Adria F. Klein, Ph.D.
Profesora emérita, California State University
San Bernardino, California

Kathy Baxter, M.A.
Ex Coordinadora de Servicios Infantiles
Anoka County (Minnesota) Library

Susan Kesselring, M.A.
Alfabetizadora
Rosemount-Apple Valley-Eagan (Minnesota) School District

PICTURE WINDOW BOOKS
Minneapolis, Minnesota

Cuando Johnny Appleseed era niño, le gustaban las manzanas y los manzanos.

Le gustaba el color de las manzanas.

Le gustaba el olor
de las manzanas.

7

Sobre todo, le gustaba el sabor
de las manzanas jugosas.

Cuando Johnny creció, se volvió alto
y delgado. Siempre tenía una gran
sonrisa. Cargaba una olla en la
cabeza en sus viajes.

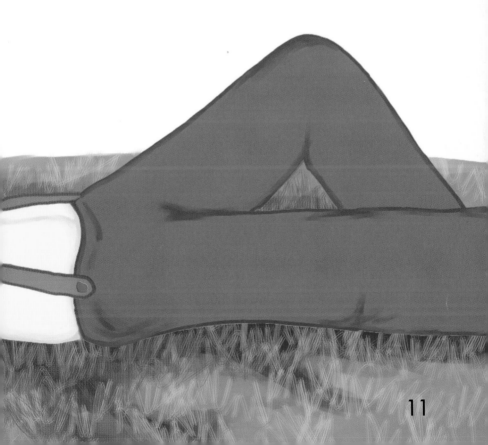

Cuando creció lo suficiente para irse de su casa, Johnny se volvió explorador.

Johnny no era un explorador común.

No tenía pistola ni otras armas.

Por el contrario, Johnny siempre cargaba una bolsa con semillas de manzana.

Johnny quería que otras personas disfrutaran de los manzanos tanto como él.

Así que caminaba hasta encontrar lugares ideales para sembrar las semillas.

Cuando Johnny encontraba un buen lugar, limpiaba y preparaba la tierra para sembrar.

Después sembraba las semillas de manzana en hileras bien hechas.

Johnny vendía o regalaba los árboles a los vecinos.

A todos les gustaba que Johnny los visitara. Les contaba historias.

Johnny tenía muchas historias que contar.

Viajó por el Oeste durante cincuenta años. Durante sus viajes vivió muchas aventuras.

Johnny siempre caminaba descalzo. Una vez, una serpiente de cascabel le mordió el talón del pie. Pero tenía la piel tan dura que los colmillos no pudieron penetrar.

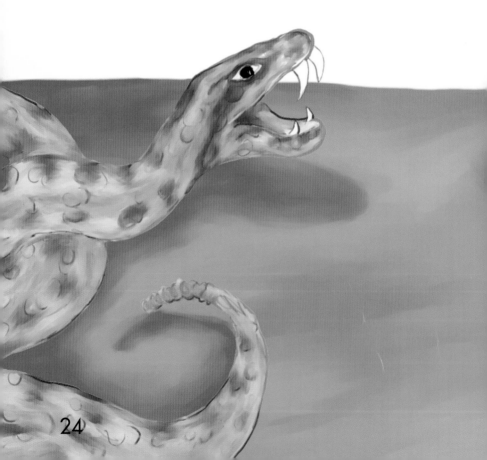

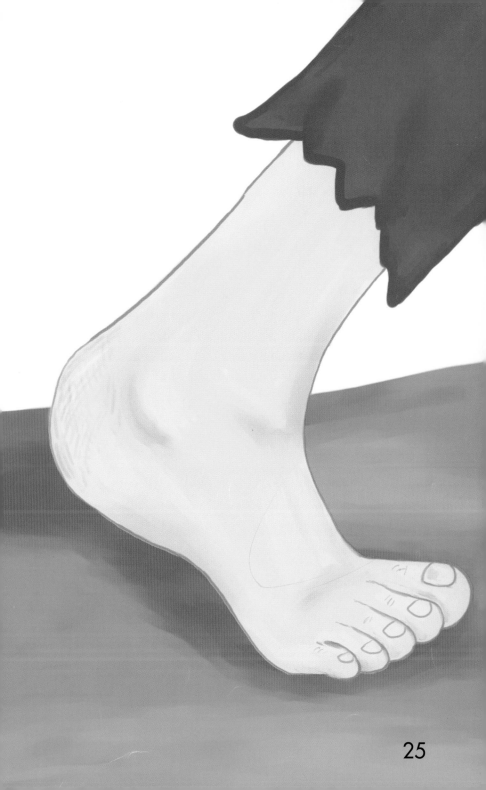

25

Johnny podía hablar con todos los animales. Un día rescató a un lobo de una trampa.

Después de que habló con el lobo,

se volvió su mejor amigo.

Johnny también se hizo amigo de los indígenas.

También disfrutaban de sus historias y de sus manzanas.

Johnny tenía amigos por todo el país
después de años de sembrar árboles.

Los bosques ya no era tan peligrosos

gracias a los manzanos de Johnny

y a su sonrisa amistosa.

Más *Read-it! Readers*

Con ilustraciones vívidas y cuentos divertidos da gusto practicar la lectura. Busca más libros a tu nivel.

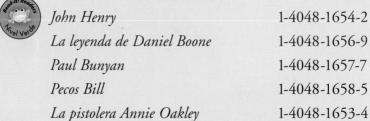

CUENTOS EXAGERADOS

John Henry	1-4048-1654-2
La leyenda de Daniel Boone	1-4048-1656-9
Paul Bunyan	1-4048-1657-7
Pecos Bill	1-4048-1658-5
La pistolera Annie Oakley	1-4048-1653-4

¿Buscas un título o un nivel específico? La lista completa de *Read-it! Readers* está en nuestro Web site:
www.picturewindowbooks.com